變奏的時光

蘭朵小說詩集

蘭朵 著

新世紀美學 出版

妳靜觀大地，沈默不語
修成曠野裡
一座悟道的觀音

走出迷霧森林的行者

許世賢

意識遊走於生死流轉，往事如煙卻歷歷在目。蘭朵以文字鋪陳生命中不可承受的重，勇敢揮別盤盈腦際的傷痛。

生命因愛而結合，也因愛而生恨，忌妒、失去愛的恐懼，藉傳統禮教的形式，以無來由的情緒控制，磨難與所愛息息相關的其他生命。雖然一切都根植於愛，卻造成無數受創心靈。這是個體生命的傷痛，也是整個時代不可磨面的集體傷痛。

蘭朵生活在新舊時代更替的年代，價值觀的差異，造成婚姻生活婆媳間的衝擊，對當年深陷愛河年輕的她，是何等孤單寂寞的困境。當她無助地飽受言語貶抑與心靈壓抑，默默承受加諸自己的傷害，甚至懷疑自己的價值與自我認同。現代女性勇於做自己，活出自己風格的堅毅形象，已成為遙不可及的奢求，這身心的衝擊是無以復加的巨大。然而蘭朵內在堅毅的靈魂化作文字，彷彿薛西佛斯推著巨石不屈不撓地吶喊，她不但要揮別這彷彿原罪的巨石，也要讓所有心中渴盼愛的靈魂，以溫柔對待留住愛的羽翼。不要再以錯誤的方式經營家庭生活，造成無數無可挽回的悲劇。她為所有時代悲劇的女性發聲，也讓後代知道那個時代女性真實的感受，這是同體大悲的詩人情懷。

身為獲獎無數的現代詩人，蘭朵的詩篇真實記錄現代人徬徨的心靈與矛盾。時而堅毅剛強，時而脆弱無助；時而禪偈，時而身陷傷痛無助的境地。蘭朵是個展現真實的藝術家，詩人不是哲學家在此獲得印證。蘭朵的詩篇時而出現尖銳的字眼令人心驚動魄，念茲在茲盤盈腦際的傷痛，忠實呈現生命的脆弱無助與對死亡的深層恐懼，不只是是對現世生命的眷戀，更是不捨揮別此生交會的愛，這是令人感同身受的真實情懷，也增添療愈的反作用力。

蘭朵的詩篇體現一個企盼走出生命迷霧的行者，在文字間左盼右顧，小心翼翼探索黑暗中的哀愁，卻又滿懷希望披星戴月地趕路，嘗試走出迷霧森林。

蘭朵結合以獨特紀實形式書寫的短篇小說與詩篇，成為一本獨特得無以復加的小說詩集，也成就真實紀錄時代創傷的藝術創作。

變奏的時光
蘭朵小說詩集

目次

Chapter 3

變奏的時光
蘭朵小說詩集

目次

Chapter 4

Chapter 5

變奏的時光
蘭朵小說詩集

目次

僅僅一聲驚蟄
竟喚醒
所有冬眠的詩句

變奏的時光

Chapter 1

緣起

人的回憶具有一種力量，即便撥回時間的指針，在60年代的傷口上撒鹽也能醃漬成佐料，增添歲月淒涼的風味，姑且算是一種變相的療癒吧！

每當吳蘭芝訴說著嫁給柯楠這一段慘痛的經歷，就像訴說一顆子彈下的亡魂，把前世的肉身視為修行的道場。揭開塵封已久的記憶，感覺像被鐵刃刮去魚鱗，赤裸裸地扔進火爐炭烤一般。但隨著時間，恨意盡失，魚的眼珠會慢慢轉化為舍利，莫非這一切都是宿命？

吳蘭芝來自一個台南眷村的軍人家庭，是父母寵愛有加、捧在手心的寶貝。而吳蘭芝的先生柯楠則是生長在傳統的農家，吃苦耐勞，勤儉樸實。父母經歷過二二八事件，與眷村族群帶著隔閡。

古人說，婚姻的要件是「門當戶對」，蘭芝和柯楠省籍不同，文化有差異，價值觀又南轅北轍；從一開始，她們的戀情就面臨嚴峻的考驗。

初遇

吳蘭芝至今還記得第一次在大學畢業典禮見到柯楠媽媽的景象，明明是燠熱的六月天，卻吹來一道極凍的冷空氣。

在蘭芝看來，未來的婆婆顴骨很高，貌似尖酸苛薄。穿著素色套裝，表情嚴肅，並未基於禮貌地給予蘭芝和顏悅色，反而是從頭到尾擺張臭臉。蘭芝覺得大事不妙，這婆婆可能是個厲害的狠角色。果然隔天，柯楠傳遞了母親的訊息：「媽媽問妳鼻子長得像外國人，那麼醜，是否是隆鼻了？」

蘭芝覺得這個問題很荒謬，說：「如果真的有隆鼻，應該是在娘胎裡就做過吧！」

蘭芝心想，婆婆在柯家一定是唯我獨尊，如今在兒子的心目中優先地位受到挑戰與威脅，所以嫉妒心作祟，進行無所不用其極的人身攻擊與形象破壞。

某一次約會，柯楠對蘭芝慎重地說：「母親要我問妳有沒有兄弟，如果沒有兄弟，就要命令我們分手，切斷交往了半年的感情。」

蘭芝問：「為什麼？」

柯楠說：「因為母親不希望自己的兒子做一個上門女婿，背負岳家的重擔與諸多責任。」

蘭芝非常訝異，這究竟是什麼邏輯，難道半年的感情就因為這個原因而付諸東流嗎？

幸好蘭芝家裡有一個弟弟，就此搪塞充數。但越發覺得準婆婆是個刁鑽，不好相處的女人。

交往

柯楠邀請蘭芝去他家作客，蘭芝懷著忐忑的心情，一進門就碰了個釘子。

柯楠的母親厲聲問道：「怎麼吳小姐不會說台語？我們家不愛聽那種豬說的語言喔！如果吳小姐不會說台語，以後不准再來我家！」

蘭芝很焦急，擔心未來如何融入柯楠的家庭，柯楠連忙安撫說：「沒關係，讓我慢慢教妳學台語，就可以過關啦。」

之後，柯楠每每利用沒課的短暫時間與蘭芝相約見面，原來他母親規定嚴苛，最晚不准超過晚上七點回家。到了週末假日，柯楠要幫忙農務，也不被准許外出。於是蘭芝只好把柯楠的家當成約會的地方。

約會的內容就是幫柯楠的母親摘菜、煮飯、洗碗。每每到了傍晚，蘭芝應該離開了，柯楠的母親竟然喝令：「吳小姐的家太遠，不可以送她回家喔！」在她的心中，蘭芝的安全是無關緊要的，但自己鍾愛的兒子卻不可以晚歸。

蘭芝越發覺得柯楠的母親像隻強勢的老母雞，把家人都圈在她的羽翼下。她生活在封閉的家庭，總以侷限的角度來思維周遭的人事物，充分顯現她的本位主義。外表看來，她精明能幹，但對蘭芝這樣的女孩有千萬個不放心。便趁柯楠當兵入伍時，製造了一個藉口，介紹蘭芝到柯楠的阿姨家當她子女的家教老師，目的是請阿姨就近監視，並考核蘭芝的人品。

二年倏忽過去，眼看著柯楠退伍後就要娶親了，她便命蘭芝到家裡當面諷刺了一番：「首先，我兒子是不是頭殼壞了，為何如此執著於妳而不找別的對象？妳要知道，即使打著燈籠，全台灣也找不到像我兒子這麼優秀的啊！還有，妳經過我長時間的刁難，怎麼也不選擇離開啊？第三，真想不通我兒子是不是眼睛黏到蛤蜊肉了啊？竟然找一個條件像妳這麼差的。真不知道妳有什麼好的？妳要知道，前來我家為柯楠說媒的都是有田有地的對象，而妳沒田沒地，卻有一個娘家要奉養！妳難道沒聽過肥水不落外人田嗎？我兒子說妳溫柔，溫柔能當飯吃嗎？看妳笨手笨腳的，妳應該嫁給那些瞎眼斷腿的老芋仔，而不是嫁到我家糟蹋我兒子。」

「前陣子鄰居阿吉自殺，只為了家人不同意他的婚事；我怕柯楠也會想不開，做相同的傻事，唉，娶妳進門真是不甘願啊，在這個鄉里，我們柯家可是第一個娶唐山來的女人喔！」

歷經這番羞辱，蘭芝飽含眼淚，奪門而出。

準備婚事

歸根究底，婆婆就是勢利眼。面對有錢有勢的人家便哈腰作揖，遇到窮人家女孩就態度冷淡，霸凌欺壓。再加上柯家跟外省族群有很深的隔閡與芥蒂，直到提親日，仍然沒能派出一個代表。柯楠母親找了一個理由說：「我們又不會說國語，乾脆請學校的家長會長去提親好了。」

終於在會長折衝樽俎之後，訂定了這樁婚約。

訂婚宴的場面真是尷尬呀，雙方家長因為語言不通，坐在隔鄰卻只能相視而笑，這真是彼此最最遙遠的距離了。

不管多麼波折，柯楠還是堅決自己的意志，積極籌備與蘭芝的婚事。

首先，柯楠親自設計了一款西式喜帖，準婆婆認為白色不吉利，以為是出自蘭芝的提議，便大發雷霆：「柯楠，你乾脆把身份證改一改，跟著姓吳好了！」哇，

蘭芝這才領教了準婆婆是爆點很低的炸彈。

接著柯楠開開心心選擇緞帶花束作為新娘捧花。母親大人對緞帶捧花也很有意見，認為緞帶的諧音是「斷代」，這可是犯了老人家的大忌。蘭芝覺得這又是招誰惹誰了，真是莫名其妙。但蘭芝早就做了心理準備，深知婚姻不是天堂，是個戀愛的墳墓，為了親愛的戀人柯楠，蘭芝願意以身相許，一頭栽入。

婚後

嚴格說來，婚姻就是一副束縛蘭芝的枷鎖。自從蘭芝嫁給柯楠以後，便開始一段痛苦辛酸，以淚洗面的歲月。蘭芝慢慢發現，婆婆有躁鬱的傾向，有時情緒激動、亢奮易怒，有時又焦慮驚惶，無助哭泣。再者婆婆是個標準的控制狂，又有強烈佔有慾。口口聲聲為了柯楠好，卻控制著柯楠的思想、行動，也佔有柯楠的心靈和時間。總覺得蘭芝橫亙於她們母子之間。加上她偏激執拗，將快樂建築在蘭芝的痛苦上，不時以苛刻語言羞辱蘭芝，形同精神家暴。

婆婆規定蘭芝與柯楠婚後一定要與婆家同住一個屋簷下，一起生活，接受婆婆的嚴格訓練教誨，學習家中的傳統常規。即使因為省籍不同，蘭芝在婆家遭遇極大的文化衝擊，但她從未想過離開同住的婆家，離開柯楠，負氣回娘家。哪怕是離開一天蘭芝都不願意。就像一枚黏貼牢固的郵票，不願與信封分離。

回首來時路，蘭芝不禁懷疑這是傻？是愛？還是懦弱？喔，其實細細分析起來，蘭芝是一隻不會飛的笨鳥，但是為了柯楠，蘭芝願意忍，願意犧牲所謂的「自我」。她的自我是個傻乎乎的存在，以為世界的中心就是柯楠，生活內容應該是琴棋書畫。但蘭芝的婆婆卻恰恰相反，婆婆認為「生活」就是紮紮實實地做事與勞動，偏偏天真的蘭芝卻認為浪費時間也是種浪漫。

蘭芝的婆婆是護衛農家傳統的尖兵。尤其對蘭芝身為老師有著既定的刻板印象。在她的觀念裡，老師的穿著固定只能有黑色、白色、藍色、與灰色。如果蘭芝穿著有一點碎花的衣裳，馬上會被她老人家糾正制止，要求立刻換掉。否則蘭芝是出不了門的。蘭芝好不容易找到素雅的服裝，老人家又說穿著「改良式中國旗袍」會被鄰居笑話。裙子太短也不合規矩，就硬要幫蘭芝把裙擺從膝蓋往下拉，拉至小腿才算合格。

總是如此折騰了一番，蘭芝的裝扮終於合了老人家的標準，自己倒也無所謂。柯楠這時候卻有意見了，他覺得蘭芝這樣穿非常「老氣古板」，一點兒也不可愛，像個小老太婆。蘭芝左右為難，不知該順柯楠的意呢？還是不要忤逆老人家？夾在中間的蘭芝常常覺得角色錯置，一會兒要在婆婆面前扮成古代的媳婦。一會兒又要在柯楠面前，扮演現代的妻子。蘭芝險些精神錯亂。

與婆婆大人同住，婆婆自然是蘭芝的台語老師，一個字一個字慢慢教，蘭芝慢慢學。可以想像廚房是蘭芝的語言教室嗎？自廚房設備、食材、各種細微動詞，如炒炸燉煮、油鹽醬醋、家常用語、灑掃清潔，情緒遣詞、市場菜名到俗語俚語，巨細靡遺。蘭芝因而發現：台灣人是勞動的民族，光是煮茶、倒茶、喝茶、端茶、添茶，蘭芝就已經昏頭了，更別說生活用語，心靈感受。

慢慢地，蘭芝的學習擴大深度廣度，再到語言的敏感層次與每個音韻的微妙差異。如此一個字一個詞，慢慢地學。

蘭芝學的第一個詞是「阿母」，以正確的唇齒音喊著她的婆婆。蘭芝同時也發覺了台語的動詞好多，才漸漸體悟「勤儉持家」、「勤快勞動」是台灣的基本價值。

蘭芝的娘家在過年的時候，經常灌香腸。於是不會說台語的蘭芝直接說：「過年我們也來灌腸，好嗎？」

蘭芝的婆婆聽了此語，大驚失色：「什麼？妳們娘家過年要灌腸？」

蘭芝說：「是啊，就是那種又紅又長，真好吃、真香的灌腸啊！」婆婆的臉色大變。

之後，蘭芝央求柯楠翻譯「灌腸」應該是「醃腸」才對。原來婆婆誤會大了，她以為過年幹嘛需要那種不吉利的灌腸？又不是要進醫院做手術。

有一次，蘭芝一如往常在廚房與婆婆聊天。

蘭芝的婆婆說：「真不知道我那優秀的兒子到底喜歡你哪一點？他說妳可能是溫柔吧！」

台語發音近似「溫流」。於是傻傻的蘭芝發問：「溫流這個詞的意思到底是上流還是下流？」

沒想到蘭芝出此一問，換成婆婆開始傻眼？

由於婆婆受的是日本教育，自小就被灌輸男尊女卑的僵化思想。她認為婦女下班之後應該負責全部家務，完全忽視婦女在職場的艱辛。因此，每天跪著擦地板是蘭芝住在婆家的例行家事。蘭芝很努力的花了一小時把六個房間都擦乾淨了，婆婆卻覺得蘭芝仍有進步的空間。

蘭芝忍住委屈的淚水說：「阿母，不然我買一把像學校裡使用的拖把回家來拖地板。

老人家不假辭色：「不能用拖把，一定要跪著擦才擦得乾淨。」

所以，蘭芝自那時起就做了一輩子的「跪婦」。

婆婆又說：「即使是大學畢業，即使是外出工作，下了班也該把家事做齊全。起碼做到就寢前，才可以休息。妳早早在廚房收工，進入房間在幹嘛呀？」

蘭芝無奈回答：「我在為明天小考出考題。」

老人家說：「嗯，妳教書很認真，但做家事應該更認真啊！」

蘭芝遂請示婆婆：「阿母，請問我還應該多做些什麼呢？」

老人家說：「家事永遠有得做，做也做不完的呀，妳要自己觀察廚房、廁所、地板、牆壁，太多太多了，我兒子應該為我娶一個能幹，會料理家務的媳婦才是啊！」

蘭芝的婆婆以為教書是非常輕鬆的工作。殊不知教書需要設計教案、備課內容，加上出考題、改考卷，是非常繁瑣與耗費心力的志業。

不知怎的，蘭芝下班回家，每頓晚餐配的菜都是不斷線的淚珠。快要過農曆年了，過年過節對媳婦來說更是「重磅壓力」。在柯楠的家庭裡，平時初一、十五都要拜拜，更別提過年。自從蘭芝入門，從「除夕」的祭祖圍爐開始忙碌，一連打掃、煮飯到「初五」，馬不停蹄。只因從四面八方聚集的長輩親戚都在她家「齊聚一堂」。

難怪一到過年，蘭芝就會愁雲慘霧，頭皮發麻。加上還要面對凶神惡煞的婆婆緊迫盯人，簡直像被關進煉獄面對閻王一樣，逃都逃不了。即使過完初五，累得筋疲力盡，仍像一場夢魘，揮之不去。

禁忌

結婚才一年，傳來蘭芝養父過世的噩耗。回家奔喪時，養母命蘭芝在髮際別一朵小白花，謂之「戴孝」。辦完喪事，蘭芝仍然戴著小白花，欲進婆家的門。婆婆擋在中間，說：「妳現在把小白花摘下，否則不能進家門。」

蘭芝傻眼回答：「這是我為爸爸盡的孝道。」

儘管婆婆堅持，蘭芝卻執拗不依，把婆婆氣哭了，婆婆才說出了禁忌：「原來媳婦戴著孝，外人搞不清楚，還以為是婆家這邊發生了什麼事。」

剛嫁過來的大年初二，蘭芝先在家裡與婆婆一起準備請客的中餐，直到大姑小姑回來娘家，她才可以回自己娘家。然而婆婆還有但書，太陽落山之前一定要趕回。蘭芝非常聽話，趕了回來，看見姑子們都在。於是，直接舉手發問：「咦，姑子們怎麼不用黃昏以前回至她們的婆家？」婆婆氣定神閒曰：「她們的婆婆又沒規定！」

不知不覺熬到清明節，蘭芝想為父親掃墓，遭婆婆拒絕。老人家說：「出嫁的女兒不能為娘家父親祭拜喔！」

蘭芝接著說：「但我娘在等我一起前去啊！」

婆婆卻說：「妳媽媽沒概念，嫁出去的女兒是潑出去的水啦，專屬於婆家。如果妳媽媽捨不得，就別把女兒嫁出來啊！」

蘭芝無言，婆婆自己也有女兒，為何遇到相同的狀況卻有雙重標準？

日子飛逝，轉眼之間，端午節到了。

蘭芝的母親又致電，請她回家與舅舅們見面。

婆婆還是一句：「不行。我可以請柯楠送幾顆粽子過去，但是蘭芝不能回娘家。」

稍後，蘭芝發現怎麼姑子們不約而同都回來了？蘭芝也很大膽！真是哪壺不開提哪壺：「阿母，您不是說嫁出去的女兒不能回娘家過節嗎？」婆好整以暇地說：「她們婆家沒拜拜，而我們家有啊！所以妳要留在婆家幫忙。」

聽到婆婆蠻橫無理的應答，蘭芝真的無可奈何啊！

生子

基於傳宗接代的傳統觀念，蘭芝的婆婆自婚後對蘭芝就緊迫盯人，關心蘭芝每個月的動靜。經過半年，蘭芝仍然沒有懷孕的消息。婆婆著急了，竟然威脅說：「如果妳沒法立刻懷孕，證明妳的生育能力，為我們柯家添丁，那麼我會立刻為兒子娶細姨進門！」

於是，蘭芝在萬般委屈，與巨大的壓力之下與柯楠拼命努力。終於過了半年傳來蘭芝懷孕的消息，全家欣喜若狂。但是蘭芝應該要做的家務一樣也不能少。

即使蘭芝快臨盆了，依然挺個大肚子，親手洗全家的衣服。婆婆既不給凳子坐，還嫌蘭芝洗得慢，又不乾淨。小姑真的看不下去，就替蘭芝說話：「阿母，別讓大嫂大著肚子洗衣服，好嗎？」婆婆說：「笑死人，我煮早餐，她洗衣服，很公平啊！」小姑眼看沒辦法扭轉母親強硬的態度，就立刻挽起袖子跟蘭芝一起洗衣服。

還好第二年的春天，如了婆婆的心願，一舉得男。婆婆笑得非常開心，自蘭芝進入婆家，第一次看到婆婆笑得像朵蓮花般燦爛。及至蘭芝的長子出生，蘭芝與婆婆的衝突更形擴大。在婆婆眼裡，孫子是她的，不屬於蘭芝這個母親。所有孫子的大小事，從襁褓期，婆婆就一手包辦，絕對不准蘭芝抱在懷裡，怕蘭芝摔著她的孫子。

到了晚上，蘭芝的兒子需要洗澡的時候，婆婆親自為孫子沐浴穿衣，跟孫子親密互動，唱著兒歌哄他睡覺。至於蘭芝的工作，就是捧著浴盆打洗澡水到寶寶的房間，洗完再捧著大盆水倒至浴室。等蘭芝可以貼近看自己的兒子時，他已經熟睡了。蘭芝與寶貝幾乎不能做母子的對話呀！

更誇張的是，婆婆不准蘭芝半夜裡鎖臥房的門，因為婆婆怕金孫啼哭，要進門安撫。蘭芝暗自思忖，難道媳婦只是為婆家生產孫子的機器嗎？一旦孫子誕生，媳婦就沒有當母親的權利嗎？

蘭芝生完了長子，心想對婆家有了交代，也拿到免死金牌一張，遂徹底施行避孕。沒想到荒謬的老人家說：

「孫子太少，不行，無論如何，要再拼一個。否則還要為柯楠娶細姨。」

天啊，這是什麼荒謬絕倫的想法啊？婆婆還停留在「孔雀東南飛」的年代嗎？

蘭芝遂與老人家開始心理戰術：「阿母，如果我真的生不出第二個，而柯楠娶了細姨進門，就會離家喔，那麼您的金孫可能會被後媽虐待，您捨得嗎？」

老人家細細思量之後，當然捨不得長孫受苦，並沒有說什麼，只是堅持蘭芝要繼續努力。可是因為避孕八年，體質早已改變，成了很難受孕的女人。接著蘭芝開始遊走各大醫院婦產科，疏通輸卵管，施打排卵針劑，皇天不負苦心人。果然在數年之後，蘭芝又生下了第二個兒子。

朋友們都替蘭芝慶幸：在這個重男輕女的柯家，還好蘭芝為公婆生了兩個孫子，否則蘭芝的日子會形同更深的煉獄。

家人相挺

通常週日是柯楠全家的掃除日，偏偏有一次，蘭芝被學校指派參加台北市教師組路跑大賽。

婆婆非常不高興，責備蘭芝說：「嫁入我們家就要懂規矩，要有家庭觀念，不可以選在週日外出，破壞規矩，敗壞門風。」

蘭芝的小叔聽不下去了，立刻說：「嫂子也是她娘家的掌上明珠，我們應該要疼惜她。」經過蘭芝再三說明，因為是校長的指派，並非沒有「家庭觀念」，故意外出，老人家才勉強同意。

其實，這次路跑大賽是一場比耐力的賽跑。蘭芝後勁十足，奮力向上坡的終點衝刺。竟然在最後關頭得到全台北市第九名。捧著滿手的獎盃獎品，回家獻給婆婆大人。婆婆驚訝地說：「還看不出妳真的很會慢跑啊，我以為妳是找藉口外出。早上對妳的責備會不會在意啊？」

蘭芝幽幽地回答：「婆婆要求我應該有家庭觀念，本來就是對的啊！」

最後，蘭芝把質地柔軟的毛毯獎品送給了婆婆，婆婆微笑接受，也因此化解了當天婆媳尷尬的衝突。

還有一次，婆婆為了小事，與蘭芝的意見不同。婆婆大發雷霆，直接威嚇蘭芝：「如果妳再敢堅持，我就搧妳耳光！」當時姑子們都在場，聽到自己的母親這番話語，趕緊指出母親所言不當：「阿母，大嫂已經是四十歲的人了，不可以如此威脅，還要搧人家的耳光。」

婆婆眼看女兒們竟然全幫著媳婦這個外人，自覺面子掛不住，竟然當眾對蘭芝下跪，如此尷尬的場面嚇得蘭芝趕緊面對婆婆跪了下來。

像這樣劍拔弩張的戲碼，幾乎每天在同一個屋簷下上演，蘭芝永遠也無法躲開挑剔成性的婆婆責罵。有時婆婆索性打開天窗說亮話：「我就是偏要罵妳，如果妳爸是郝柏村，我就不敢罵。但可惜妳不是。」

柯楠當然知道蘭芝的委屈，一直有與蘭芝計劃搬離婆家的想法。但在「孝子」的緊箍咒下，柯楠就是不敢提，深怕言語衝撞，激怒了母親大人。柯楠說：「只因母親是長輩，妳就委屈求全，多多忍耐吧！」當初蘭芝看上柯楠的優點就是孝順，沒想到如今卻是發揮到極致的缺點。這種愚孝真是婚姻裡揮之而不去的毒瘤！

蘭芝在與婆婆同一個屋簷下生活，不停地壓抑自己，日積月累潛藏許多負面的情緒，慢慢地罹患了重度憂鬱症。強悍的婆婆帶著蘭芝四處求醫拜佛，命令蘭芝喝廟裡的符水，吞入莫名其妙的安神丸。婆婆還很直白地說：「別以為我這些舉動是關心妳喔，我是怕妳病懨懨的身體會拖累柯楠啊，拜託妳趕快好起來吧！」蘭芝就這樣吃不下，睡不著，煎熬了半年，在一位西醫的診治之後有了好轉的現象。

儘管如此，蘭芝沒有衝撞婆婆的膽量，只能把所有的不平與委屈一股腦兒的全紀錄在日記裡，以為發抒。誰知婆婆不准蘭芝的臥房上鎖，就大辣辣地闖入，還不道德地偷看蘭芝的日記。可嘆蘭芝的日記裡每篇字字血淚，透露著非人的婚姻生活。並且在日記裡，蘭芝暗自計劃與柯楠搬出這個人間煉獄，成立核心家庭，擁有最起碼的人生尊嚴與自由。

婆婆偷看了之後，非但沒有罪惡感，還氣得七竅生煙，大罵蘭芝是個惡毒的女人，竟敢拐帶柯楠與心愛的孫子離開婆家。

婆婆還對蘭芝嗆聲：「妳想搬出去啊，休想！誰不知道妳只是愛享受，在婆家吃不了苦頭！我估量妳娘家也買不起一棟房子給妳啦！」

蘭芝跟婆婆徹底攤牌不成，又繼續吞忍地過了五年，公公看蘭芝實在可憐，就以迂回戰術勸服婆婆：「妳看，親如舌頭與牙齒在一起都會打架，更何況蘭芝又不是妳親生的骨肉，當然相見分外眼紅。既然蘭芝處理家務的能力如此差勁，永遠也無法達到標準，使妳滿意。而且她還傻乎乎的，每天盡惹妳生氣，害得妳血壓直線飆高。何不讓兒子媳婦搬出去，免得氣壞自己的身體。」

婆婆一聽，更是氣瘋了。

她聲淚俱下地抱怨著：「我這一生失去了友情，失去了愛情，連最後的親情也被蘭芝這個狠毒的女人給奪走了。」

婆婆歇斯底里地持續發了幾天瘋，眼看抗議無效；而且全家都贊成公公的提議，婆婆只好勉強讓步。

成立核心家庭

雖說結婚五年後，蘭芝終於成功逃離了婆家，成立自己的小家庭，但是仍然無法脫離婆婆的監控。婆婆堅持向柯楠索取小家的鑰匙，以便隨時檢查內務，確認蘭芝的處理是否符合她嚴苛的標準。而蘭芝也依然需要晨昏定省，下班至婆家接孩子。每次碰到婆婆，總被雞蛋裡挑骨頭，還是免不了被斥責一頓。

還記得有一次大年初三，蘭芝與柯楠參加同事在台北的喜宴，回到小家已超過十點。婆婆一直焦急等待，直到看見附近的車庫裡出現了柯楠的車子，知道柯楠終於回來了，立刻怒氣沖沖地對蘭芝狂罵：「娶到妳真是家門不幸，妳眼中根本沒有我這個老母存在啊！」

蘭芝被罵得一頭霧水，後來才知婆家的門禁是九點，但蘭芝不解的是：已經搬離婆家了，還需要向婆婆大人密切報告行蹤嗎？如果是對公婆不敬、或在外亂交男友，抑或是賭博揹債，可以撻伐蘭芝的惡行。但僅僅這樣的疏忽就要背負如此「家門不幸」的罪名嗎？

時光飛逝，轉眼蘭芝的兒子就六歲了，進入小學就讀。

但兒子有個壞毛病，就是經常遲到。婆婆大人苦口婆心，對著長孫說：「乖孫啊，每天早上到學校一定要守時。」

但是在蘭芝的耳朵聽起來，台語「守時」的發音像國語的「休息」。

蘭芝急了，連忙說：「兒子啊，你千萬不要一到學校就休息。」

婆婆大人卻反駁說：「你一定要聽阿嬤的話，記得要守時。」

蘭芝還是誤會：「不，不，你不能休息。」

就這樣來來回回五趟，柯楠看不下去了。才來告知蘭芝誤會婆婆的發音啦！

更令蘭芝難受的是，即使全家搬出去了，婆婆仍堅持接她心愛的孫子下課，一起從學校走回家。活蹦亂跳的孩子難免渾身是汗，經過風吹可能引發感冒。

婆婆既心疼又擔憂，生氣地質問蘭芝：「為何給孩子穿這麼多的衣服？」

蘭芝的公公立即出面說：「俗語說的好，春天是後母面，早上的天氣本來就涼，妳媳婦給孩子多穿衣服是對的。」

話說一九九六年飛彈危機，婆婆希望帶著金孫躲避澳洲，蘭芝捨不得，不想離開兒子。婆婆便問：「假如飛彈打下來，妳打算把我孫子怎麼辦？」蘭芝豪氣地說：「當然是緊緊抱在懷裏，母子一起死，壯烈成仁啊！」婆婆聽完簡直氣瘋了，說：「妳怎麼可以這樣自私？金孫是我們家的血脈，妳怎麼可以害死我的孫子啊？」

像上述這些林林總總的小事都會激怒蘭芝的婆婆，導致她鬱積憤怒，血壓上升，慢慢形成了冠狀動脈遭受阻塞的心臟疾病。在一次失敗的心導管手術後，婆婆就撒手人寰了。蘭芝的痛苦也隨之結束了，荒謬的是，婆婆仍然像籠罩的陰影，憑空而來。無論如何對抗，也揮之不去。

結語

每當蘭芝走在台北熱鬧的街心，回首淒涼的過往，婆婆說的每句話語都像利刃，將蘭芝的心靈割得傷痕累累。然而，生命如果是個福光滿溢的杯子，蘭芝只要不看杯子的缺角，杯子依然會是圓的啊！

隨著回憶的流光映證，浮現出來的真相就更加清晰。原來農村婆婆有著強悍的外表，同時包裝過高的自尊，只是為了掩飾內心的自卑與脆弱。蘭芝越理解婆婆，就越發同情婆婆；越同情婆婆，竟然真的能夠放下了對她所有的怨懟。

不管怎麼說，蘭芝期盼時間是最好的治療與撫慰，像關渡平原冰涼的夢境終會穿越沉重的黑夜，看到紗帽山日出的微笑。而那些曾經被缺角割傷的記憶，還有每一個癒合的傷口，都是一次成長的契機，使得蘭芝清楚地認識自己，也激發了更昂揚的生命力。

迷霧森林

Chapter 2

練功

卸去了盔甲，則孑然一身
彈出指尖成江山
點蹬腳跟飛向巔峰
旋轉掌心轟雷
竟讓海翻騰為天，雲顛覆為雨
分秒之後，把新月彎成弓弦
射下一枚落日
再鍛鑄筋骨藉以推拿晨昏

老樹

妳是曠野的老樹
仰首狂飲亙古的星光
當酩酊的香檳
迎風的葉子
是千隻閃爍的眼睛
靜觀風雨的翻騰
舒展氣孔
是千隻搖曳的耳朵
聽著秋蛩唧唧求偶的歡愉
低垂的氣根
是千隻佛的手
拂著流螢的輓歌
妳靜觀大地，沈默不語
修成曠野裡
一座悟道的觀音

空境

故國是閃逝的煙花
山河竟已斑駁
妳浪跡紅塵
飄零轉身
卻淪為天涯
癡等成空門
倏忽
近晚年
寺裡
聽雨 燃起一盞枯燈
看不見
從繁華歸來的故人
只剩黑暗空無
還有夢
靜靜散發寂冷的光

迷霧森林

落花汲食憂傷的步伐
匍匐前進
成幽徑
不經意繁殖了
流亡的影子
為一座隱蔽的森林
風使勁搖晃
欲拔起
每一寸憂傷
沒料到
時間卻化成了霧
飛快地吞蝕

文字獄

清晨醒來
發覺妳又一次
被文字綁架
關在密不透氣的牢獄裡
妳跟文字協商
是否可以放風一下
文字說
只要償付一首詩的贖金
馬上釋放，歸還自由

如若

如若是初見的感覺
他曖昧的眼神似柔軟的劍
彈出光的芒刺
割傷了妳的瞳仁
之後，彷彿搖晃的馬蹄
困惑於理智的懸崖
一個踟躕
便墜落深淵
而日子喧擾
如粼粼的水波擴散
月光卻冷寂，哭出了血
篩洗枯骨的疼痛

落羽松下的鳥兒

時間開始
施行一種幻術
溶解三兩聲鳥啼
流向森林
回溫
一前一後
絮絮叨叨的夫妻
仰望 午後的陽光
斜切樹身
成心頭巨大的陰影
深怕
紛紛飄落的羽毛
灑下紅雨成河
而剛剛才路過的小徑
業已消失不見

不捨孫女哭了

妳的眼瞳
正推動
一座翻湧的黑潮
黑潮包覆著的暗沙
已磨礪成
晶瑩的珍珠
沿著憂傷的睫
滾落至心疼捧接的手
盤眼的光漸次碎裂

初始

大爆炸之後
宇宙急速擴張
粒子與粒子遠離膨脹
磁波正輻射位移
天神一口咬碎洪荒
爆出了岩漿
熖火沸騰
雷電交加
撿拾燃燒後的灰燼
灑向太空
為閃爍的星辰
潮濕且燥熱
等待時間逐漸冷卻
海水演化
第一道月光
邂逅最深沉的孤獨

緬懷舞者：蔡瑞月

妳是一朵荒野中的玫瑰
還未盛開
卻已逐漸枯萎
妳不願作搖擺的傀儡
月光遂借了妳
逃離的路線
恐怖的荊棘
針刺妳
成為紋身的蓓蕾
滿佈的血跡
剛好是無字的信息
請託綠色的風遙寄給遠方的思念

紙玫瑰

你給的愛情
是一朵紙作的玫瑰
雖然不會枯萎
卻沒有濃郁的香味
歷經命運的搓揉
更顯現了你的虛偽
而我只呼吸
你吐納的氛圍
那是一座環繞我的水晶
透明宮殿的鬼魅
深知有一天
火熱的心終會迎向你冷漠的冰錐
穿刺了哀鳴的淒美
那是我在人世間
唯一能留給你
無盡的後悔

海

古老的海只不過
是一台寂寞的洗衣機
浸泡著沙礫
離心渦旋
翻攪風聲
迴流每一根波浪的纖維
洗成潔淨的細雪
深怕被陽光融化

月下沉眠

夜空生出了月光
伸展著隱形的翅膀
一吋一吋
撥開窗
藍色被褥
翻動著妳優雅的弧背
月光鑽入每個寒毛的空隙
吸吮青春的泉源
妳卻像閉起眼睛的蚌蛤
抽離魂魄
任由夢的肉趾
潛入黑夜的深海

落葉

妳本屬於爬蟲類的一種
總在地上匍匐前進
風卻　使妳長出了
透明的翅膀
伸展妳的翼膜
張開喉囊
發出沙沙的聲響
在秋天滑翔

街貓

瞬間回眸
昨夜仍瞇著
一雙寂寞的眼瞳
浮兜著微光
掠篩
暗沉的影子
而妳只是
抓傷了迷霧
喵的一聲
都市裡驚嚇的靈魂
竟然與昨夜的痛
一起醒來

空

露珠輕拂了蓮荷
折翼的蝶舔舐了傷口
過了就空了
馬蹄採摘了花香
微雲晃閃了影子
過了就空了
煙　吹散了茶盞
月光掠奪了夢
過了就空了
細雨切碎了天青
詩　印刻了咒語
過了就空了
明心了　見性
自在了　解脫
過了就空了

羽球賽

隱形的氣流
正傾斜
旋成虛無的弧線
雪花張開了翅翼
馭著風
迂迴廝殺
濕淋淋地
墜落在
慾望的軟網
搵一下
詭異的氛圍
讓寂滅生出一種美

遠方森林

遠方森林幻化成
一匹孤獨巨碩的狼
在曠野裡呼號
北風起伏的光影
是根根飛揚的汗毛
枝椏張開陰冷的爪牙
撲向星空
他妄想穿越
子夜的黑色熔漿
囫圇吞下
天邊圓圓的月亮

未亮

天未亮
夢與秘密
雜沓彼此紛亂的影子
香爐經過一夜的熬製
已然靜止
化為時間的灰燼
寒風裡的晨鐘
飄忽不遠
因緘默仍是沉睡的紅塵
霧靄卻似淪落的積雪
層層封住
黎明的山門

也是鄉愁

寒鴉哀哀的啼聲
叼一枚殘月滲入客船
蕭瑟的楓葉
卻沿著江邊點燃停泊的漁火
誰知夜半的鐘聲
竟敲醒了鄉愁的耳朵
漫天飛舞的詩
已融成霜雪，飄落

荷

荷花兒悄悄地探看
明晃晃的鏡子裏
有易碎的迴光
聽著爆裂的風聲
終究不是她的歸屬
無意間來至漫漶的水邊
摺疊著深深淺淺
在肥肥瘦瘦的綠裡
有伸展瑜珈的影子
竟然照見
空幻的自己
開成並蒂

靜思

心靈築起了幻象的恆河
時而在涅槃淨境沐浴
時而在煉獄裡冥想
種種因緣果報
與業障綑綁
細數粒粒如沙
其實，時間漫長的騙局中
當下就是
那支喝斥我執的棒子

傷痛的蝶翼

Chapter 3

破鏡

不知從何時開始
如一面鏡子
有了隱微的裂痕
妳卻不安份
繼續分裂
還一直迴盪著高分貝
這一天
鏡子和最深的憂傷共振
終於崩潰，碎了一地

病房

午後的陽光
選擇一爿窗台
緩緩滑移
如一首歌的行板
影子摺成
蒸騰的藍血
而　光的觸角
成了花蕊
窗台好安靜
且把時間的翅膀
埋好
千萬別飛出去
因為　神話中的青鳥
總在接近日光後
折翼
烙下水面最痛的倒影

病房裏的病人

妳是危崖上的波妞
住在極其透明的海裏
彷彿是
無邊無際的玻璃魚缸
每時每刻
只能睜著大眼睛
看著水流潮汐
來回波動
妳　住在海裡卻不能泅泳
是世上最荒謬的生物
只能　以吸盤親吻著危崖上的傷口
免得被　更大的浪沖走

裝置人工血管

妳在胸前
鎖骨的下方
別上一枚時髦的
金質勳章
像一顆太陽
吸附了所有的星星
在勳章上簽名

傷蝶

飄著迷霧的夢裏
有隻隱隱受傷的蝶
掙扎　振翅　又斂起
瑟瑟縮縮
聽著自己的聲聲嗚咽
折斷的翅翼在角落
一直不停顫抖
她將自己的傷口
越舔越深
傷口的陰影
幾乎覆蓋了所有美麗的斑紋
夢裏
有個聲音說
切莫哭泣
請安靜地等待
時間終會
癒合結痂的傷口
在月光下
印刻更有韻致的疤痕

沉寂

妳只是從時間的彼岸
自天際飄落 的仙子
輕輕的緩緩的
睜開了無數沉睡的眼睛
在無盡的黑夜裏
有一種寂靜在發光
像未央的雪花，一吋吋抽長
催熟每一道星芒
最後
以雪崩的氣勢
摧枯拉朽
一瀉千里
再完全歸於沉寂
好像曾經
有過轟轟烈烈
卻又什麼也沒發生

墓誌銘

天使墜落紅塵
成了躺在這兒的人
漸漸與泥土融合
為一株會生長的樹
每至子夜時分
索性伸手採一束草
當筆管　以切口
就近貼著螢火的邊緣
也能在狹小空間裡
揚起滿滿幽微的心緒
說不定
明兒與天光一起醒來
就會冒出一截更青澀的芽苗
那是　深埋在墳塋裡
蛻變了一整夜的詩

探望病中的妳

妳是沈默的雲
填滿了翻轉的海
朵朵濺濕的花蕊
還有　繚繞的霧氣
竟是一種擺渡
全世界的風
都靜止了
整座海終於
如月光催眠的孩子
睡著了
花蕊變成了紅色
濡濕開著
漂浪舔著疼痛的傷口
還在呻吟
卻忘了叫醒
妳的夢
夢中寂寂的聲籟
是夜裡最高亢的音符

來年有春蝶

自從妳經歷了火劫
又經歷一次狠狠的冬雪
妳終於安靜了
選定了這個山頭
為妳　永恆的家
再也不回人間了
來年山頭上的芒草
又白了一些
雖然時間死去一些
意識死去一些
記憶化為了螢火
是不會變的
流雲經過的時候
隱隱約約
還在蘆葦之間
看到了　新蝶的青色衣裳
其上濡濕的斑紋
還寫著一首等著晾乾的詩

開刀

痛只是一種
難懂而籠統的形容
如記憶的玻片
為傷痕狠狠的染色
痛才會顯影
只見肉身處處
撕裂又癒合的傷疤
都開出了微笑的蓮花

聽見妳噠噠的馬蹄

終於聽見
妳噠噠的馬蹄聲
不如歸去，不如歸去
記得妳曾摘星
別在
傷口皸裂的胸襟
也曾切下弦月
繫在腰間為匕首
如今只能馳騁淒涼的沙野
最終連天光　也關了
黑得死寂
妳終於可以好好休息
仰臥夜空的深海
在挽手掬起的前一刻
細細嗅聞
踏花歸去的馬蹄
還埋葬了
最後的一絲香氣

加護病人

生了病的魂
是氣若游絲的水草
遠離了床的礁岩
浮浮沈沈
鬱結的心綑綁著巨石
狠狠將水草
往下壓沈
快要到了滅頂的幽門
來了一陣風
掀開求生的意志往上推升

曇花綻放

Chapter 4

雨

雨有晶瑩的眼睛
瞥見時間
正平行移動
為淡定的霧色潑墨
雨有靈敏的耳朵
為烏雲撐起了傘緣
安靜地聆聽
一種空洞的憐憫
雨也有銳利的舌尖
舔舐天空的嘴唇
之後蹦出來
一種融化了的幸福

日，落

匕首般的上弦月
輕輕劃過
落日的喉嚨
快速無聲
像血刃一位從容就義的烈士
她滴血的頭顱
就如此悄然
垂懸著
漂浮著
在黃昏的沙場
將死之際
引頸滴出來的鮮血
染紅了彤雲
也許是
英魂重新上岸之處

雪的名字叫寂靜

雪的名字叫寂靜
白茫茫的一片
那是
繁華轉成的灰燼
總迴盪在死亡的耳邊
即使握著季節的手
也聽不到
微弱的顫抖
有時候
雪又是染血的利刃
切碎最細的動靜
結成冰的傷疤
等待春天的溫柔
逐漸喚醒所有的鳥鳴
連　遙遠的風
也可以聽到雪融化的聲音

禪

斜陽映著山路
老僧隨手拍一拍身上的舊袈裟
揚起了的塵埃
紛紛擾擾，更競聲吶喊
驀然回首
已走過的山谷
卻寂靜得像個杯子
空了

巫

迷霧傳唱著寂靜的輓歌
那是一種飄浮於山林
苗族的詛咒
花間吐出神秘的蟲
以月光的血餵養
煉一枚情蠱
誘引愛人吞下
竟然
比孔雀膽還苦
如若背叛
就會中了巫毒
萬劫不復
像悼念逝去的愛恨
視同已死的骸骨
仍然以某種方式存在

拼圖

在人生的初始
有一個完整的框架
其中每個圖片
各就應有的位置
荒謬的命運
喜歡不停地捉弄
將你的拼圖
散落四方
於是
開始重拾人生的碎片
把每個凸起的驕傲
嵌入挫折的凹陷裡
將作息的淩亂
重新拼貼
漸漸回復了生活的秩序
卻　始終覺得殘缺了一片
回不去舊有的樣貌
原來那一片
最弔詭的缺憾
竟然是你失落的童心

臨池

宛如一片凋零的秋葉
我枯黃的表皮完全脫水
廢棄的葉脈咕嚕嚕地嗚咽
殘存的氣孔聆聽
生命逐漸流失
以自由落體之姿
失速墜落
終於飄入蓮池
零落成淤泥塵土
仍聞到故有的香氣

死

死只不過是一片葉落
墜入湖心
怎會驚動整座山林
且　讓我沉默的棺
形成一葦獨木舟
漂流於火海
靈魂飛升
死真的就是
一片浪花的消失
怎能推翻整座海洋

夏醒

在一個暮春的夜裡
蟄伏十七年之後，夏 醒了
羽化的蟬翼
像歇斯底里的律令
在林間同步合唱交響曲
但炙熱的生命
終將冷凝為寂靜的死亡
如一枚蟬蛻
撕裂的魂魄依然吻合
墜落時的劇痛

另一個眼睛

妳在自己的肚臍上
預留另一個眼睛
為了迎接尚未謀面的我

練習死亡

妳終於覺悟
生命如巨大的蛹
停駐於凋敝的花心
迅速孵化繁殖
然後像幽靈一般消失
每個生命都是練習的死亡
等待一道祥光的接引
來生，妳願做個永生的鳳凰
讓風成為強力的翅膀
才能撐起整座天空

時間

妳是神秘的潛意識
全然地解構
隱匿自己
上窮碧落下黃泉
始終尋覓不著
也許化為一抹飄浪
直接墜入死亡的深井
終於聽見了
一聲回響
那是妳進入永恆的聲音

另類觀點

死只是
休眠的狀態
如同一座火山
偶爾從地底噴氣
與流螢對話
等待復活的時機
仔細聆聽
沉潛在未爆發的岩漿裡
還有一枚蟄伏的心跳

堅持

何謂
與人間告別
最悲壯的時刻
戰士死於沙場
緊握刀槍
汩汩鮮血流成了河
悲劇演員
仍站在舞台
歌手正拿著麥克風
而詩人才寫完了一首
筆墨未乾
稿紙的一角還隨風翻揚著

如果悼念我，就請妳寫一首詩

最後一次相見
我的臉龐閃過一枚幽靈
好像花裸裎的容顏
被魅影遮蔽
通向死亡的隧道
好似深喉裡的黑洞
綁架遠端的微光
喑啞的聲音發不出來
肅靜的靈堂裡
沒有聒噪的人聲
只有凋謝的菊
孤獨的遺照逕自寂寞著
如果悼念我
就請妳寫一首詩
以意象以隱喻，蓋棺論定
我炫如夏花，靜如秋葉的一生

幻影

妳是鏡裡盛開的玫瑰
在我的殷勤拂拭中
幻影落定塵埃

天使的凝視

關著妳的軀殼的
不過是個時空的籠子
飛出去的才是自由的靈魂
如煙離開的妳
終究成了一束光
像絲絲的銀線
補綴千瘡百孔的蒼穹
雖然人間殞落，宇宙飛昇
每次天使的凝視
都是讓妳發亮的光

影子的處決

世界的盡頭
有個城堡
藏匿著
默默無聞的詩人
冬月像一把匕首
刺穿雪之牆
鏗鏘鳴響
有光折射，墜落
自猥瑣的牆角
長出一枚
虛妄的影子
扮演寂寞的分身
逐漸蔓延成黑色的海
湮歿詩人的軀殼
最終
吞噬了他的靈魂

晨趣

天微微發亮
一群早起的鳥兒
穿著綠色制服
在高高的電線上

排隊等第一列陽光公車
有些吃著蟲兒哼歌
有些 唧唧喳喳地討論
昨日貓頭鷹出的考題

誰知聲名狼藉的風
打著騷擾的歪主意
掀開了
她們薄薄的裙裾

鳥兒一陣驚惶
紛紛振了振衣襟
提著清淺的腳印逃離
飛上天去

蝶的眼睛

僅僅一聲驚蟄
竟喚醒
所有冬眠的詩句
讓春天的蝶
啄食一團團的日光
吐出飛揚的微塵
喧囂是眼睛
影子成了寂靜
一起編入
線裝的風景

豆娘

妳是小小的豆娘
有很多的紅塵渴望
也有出世的夢想
漫漫長夜裡
喝著星光釀的香檳
還有女巫提煉的露水
只見滿樹的經幡搖曳
豎耳
能聽流水的梵音
如今
仍在蓮池猶疑
下一步
該伊於胡底
遙望彼端
是沒有答案的迷霧
驀然回首
一雙佛手將妳
輕輕托起
原來　妳完全不需遠求
靈山就在眼前
如來就在這裡

歸去來兮

離去的魂魄
飄飄然啣一枚殘陽
與　人間告別
化為風　崩裂的羽翅
寂靜中
掩合憂傷的帷幕
難道闃黑
自此成了永恆
千里的瞳孔奮力擦亮
做飛馳的星辰
宇宙的耳朵
也彈響成叱咤的雷霆
就讓念想
沿著　神的軌跡
穿越光　層層的隙縫
抵達涅槃的彼岸

青鳥展翅

Chapter 5

遠眺龜山島

當時的世紀是海
妳把自己丟進水裡
成為濕漉漉的鯨
自氣孔
妳源源噴出了雲霧
權充海的呼吸
而泅泳曾經是記憶
漸漸褪去鰭
溺斃於泥
妳翻過肉身
撿拾殘餘的鱗片
重組屍骨為永恆的影子
黑暗中寂滅
也是一種光的結局
美的極致

境界

暮鼓已歇息
鳥兒清心寡慾
在菩提樹上敲著木魚
時間浸在香爐裡
氤氳成煙，捻拜祈福
流水也不甘寂寞
擲落筊杯似的蓮瓣
向 慈悲的明月求籤

偈

風叩響空門
葉落台階卻無聲
只有塵埃揚起了千山
斜陽唧來一句飛雁
晚雲渲染著宣紙的毛邊
題上皺皺皺皺的詩
西樓的滿月托著圓缽的光暈
夢徐徐入定，一顆舍利竟然涅槃

冬夜

冬夜倏地回眸
轉身為
一個張狂飛奔的魔女
北窗 睜開瑟縮的眼睛
看 天邊垂下的月光
幻化成
她的千丈白髮
枯枝也豎起了耳朵
聽　來自北方的雪
正溶解
她紛紛飄落的皮屑

人生向晚

氤氳紅塵沸滾著人間
讓　蜃樓虛化了風景
聲聲暮鼓輪迴於轉角
召喚　無眼無耳的妳
明月趺坐於雲的蒲團
汲取心井之逝水
誰知道
業已被貪慾的蟲子蛀空

黎明的暗喻

闃黑中
一道閃電
霹靂金屬般的劍光
只有你聽得到寂寞的頻率
在昏聵中等待
逆向的飛翔
空氣裡的塵埃
自沈重陰鬱
慢慢蛻變成 黎明的翅膀
從此，黑夜不再回首
徒留晨曦
揮手向遙遙相忘的彼岸

寫給離開的自己

妳離開的時候
驚動了蝶翼
偏離所有的花朵
像一陣逆光
那樣年輕
骨頭燒成了灰
一定很痛
妳的心是濕了的羽毛
崩裂成雨
比雪還冰冷，比海深沉
之後
天邊出現了彩虹
搖晃一下
又埋葬在海裡
就是那麼的安靜與孤寂

擬態

生物不知何時
學會了模仿
得到一張
通往生存的護照
竹節蟲打扮成枯葉
留下分明的脈絡
章魚偽裝成海藻
保護了自己的生命
螳螂仿效成一朵洋蘭
誘捕喜愛的獵物
蝴蝶認為自己是會飛的花
徜徉其間 汲取汁蜜
親愛的，我也該模擬
前世的至愛
戰勝時間的淘汰
成為你今生永遠的情人

變奏的時光

那一年的天空
碎成了鏡片
折射出
一種孤獨的幻影
遂撕扯自己的靈魂
縫入你的身體
黑暗之中
以為不會有絕訣
然而，隱隱浮現的傷口
仍然粘合不了
密密針腳的縫隙
幾至崩裂
方才理解變奏的時光
是迴旋　昇華　再墜落
竟無法解凍
生命裡永恆的寂寞

曇花

不知那兒飄來的一朵雲
遺傳了
自閉的心性
遠遠躲著日光
只願停留在夜的土壤
黯然神傷，偶而攬起月亮
照一下她皎潔的容顏
且顧影自憐
流螢窸窸窣窣
進入夢境
找尋精準的頻率
與之交心對談
她終於　羞澀地笑開
誰知春夢苦短
黎明　醒來
這朵雲又要遠離光害

青鳥的行囊

終於
青鳥得以飛離
生命的樊籠
旅行至另一個時空
她思考
該攜帶什麼樣的行囊
是　流浪的雲影
還是　潮濕的霧
是遺忘了的時光
還是　氛圍裡的溫度
最後決定
帶走21克拉之輕盈
讓　踏過雪泥的爪印
成為靈魂飛逝的痕跡

光也可以是一棵樹

原來
光也是有種子的
自濃霧裏發芽
這透明的樹
一天天　長大
往晴天蔓藤攀爬
終於開出了一朵太陽
至於雲的影子
就是它纍纍的果實

隱形讀詩

詩看不見
我這片薄膜
我卻可以清晰讀妳千遍
每每被詩犀利的刀口
割傷
成閃閃的淚光
我多想擁有一對翅膀
隨風塵飛去
逃離這束縛擁擠的眼眶

劇場

生命的舞台
正上演荒謬的劇場
音樂流漾着
一首黑白的詩歌
背景晃動着
導演吐出的菸圈
神祕的劇情
沿著滑軌迴轉
布幕前
彷彿空無一物
除了鏡子
形成孤立的道具
孰料時間將之擊碎
露出了兩個空洞
這應該是觀眾的眼睛
看見靈魂從縫隙鑽了出來

失憶

落日瞇起眼光
看不見
海的出口
明月側著耳蝸
聽不到
夜空的遼闊
過往的回憶
沒有蒸發
因為她躲在雨裡
星星也不會
在雪中溶化
因為雪淋不濕她
就讓擾攘的人間
喧囂吧
我決定開啟靜音
沉眠

蒼老的月光

妳優雅的弧背
是半裸著的湖面
蠕動的寒毛
像水草
蒼老的月光
緩緩爬行
也想鑽入每個細孔
吸吮青春的泉源

夢魘

臉上已然刻成一個國字
贅肉竟敢越位
到了頸部成一攤爛泥
眼角接著游出一尾魚
雙臂垮了幻化壯實的蝶翼
腰桶滲出奶油肥滋滋的氣味
暴走的炸彈
一直衝撞渾圓的小腿
真的，全身都需要拉提
除了她的年紀

失眠

黑夜是深沈的海洋
手為搖槳
划著面板的微光
網路如潮汐
波波襲來
對著一座孤獨的島嶼說話
月光凝視著海洋
退怯的沙岸
卻一滴一滴消失

清明後設

請別在荒野尋覓
黃土上沒有青澀的髮絲
也別在墳塋徘徊
霜冷露寒裡
沒有飛舞的流螢
而我早已走出畫面
不再是你心中停格的風景
浩瀚星空
將成為未來的網址
雲端也有我今生的備份

蝶翼

就像在我的眼瞳裡
翩翩飛舞，抖落的金粉末
撒成了陽光，滿山
都是

心井

心是一口古井
映著明晃晃的天光
卻暗藏憂傷
且以詩句
編成危危顫顫的繩結
一段一段垂墜
探尋井底
輓歌般哭泣的回聲
有多幽怨的震盪
就有多深遠的孤獨

與命運有約

黎明虛掩著門扉
風只好從縫裡偷窺
妳爬上最超然的位置
看腳下滾滾紅塵
妳與命運有約
翻身學墜樓的落花
把心剁成一瓣瓣
將模糊血肉攤給世人看
在下個世紀的春天
妳將轉生為蝴蝶，再次飛回來

打撈

在時間的河裡
打撈回憶
最淺的是月光
最深的是妳

上癮

失眠的魚
深夜吸食著
流水織成的月光
是一種無邊無岸的上癮

溺

失眠的夜
像漆黑無垠的海洋
經過漫長等待
一葉扁舟
載著輕淺夢鄉
飄然而至
都怪我失措倉惶
沒能搭上
只能悵然見她幽然遠颺
我終於沉溺在無眠礁岩的下方

寒雪

漁火一盞一盞寂滅
闇黑已然安息
而雪卻揚起了羽毛
在刺骨的寒氣裡飛出光的種子

權力慾

權力慾是藏不住的
言語成為傷人的兵刃
殺伐異己，完成復仇
同時品嚐刀上舔血
變態的喜悅
然而權力到手之後
竟體會前所未有的孤獨
蹂躪後的血肉之軀
倖存的恐懼
從絕境中醒悟蛻變

瘋

一個落魄的遊魂
被陰暗的走廊附身
時而痿靡　時而狂躁
她眼裏冒出來的幻覺
創傷絮絮叨叨回到從前的角落
揮砍著風聲 以誇張的手勢
與不堪的回憶對話
燠熱蒸騰著襤褸的衣衫
映襯她蒼白的臉龐
與神情的漠然

當下

百年前，妳不是妳我不是我
千年以後，既沒有妳更沒有我
要愛
趁現在

夢與蝶

夢　與　蝶坐著
浪漫的翹翹板
夢驚覺這一邊的自己越來越重
蝶竟在那一端輕輕地飛了起來

曾經

身體裡曾經住著一條魚
總會微笑
雙鰭流動優雅的氣質
時光剝光了鱗片
徒留羞赧的皮
挖除錯置的珠目
讓汩汩的血淚匯成海的樣子
而擱淺的她陷溺在隔離的荒島
時光冷眼凝視
那尾已忘了如何泅泳的魚

月光

像是翻轉的刀刃
上了床的邊岸
切割裸裎的肉身
夢的驚呼鎖在深喉，喊不出聲

蛞蝓

時光剝去妳柔軟的外殼
還在刺痛的身上灑鹽
透明的妳化成一行迤邐的月光
那是妳訣別人間的詩句

深夜

小軒窗窺望著天上的月亮
圓滿 細薄 透明
可以對折，拗過來
壓平再剪一個幸福的囍字

寂靜

妳的寂靜
穿越了我的喧嘩
灰飛，煙滅
寒徹骨

失戀

妳的胸口
藏著一隻蛹
心跳的時候
我看見呼之欲出的蝶翼

浮水印

妳是雲
偶爾路過我的湖心
成永恆的浮水印

天，有多高

是地獄到天堂的距離
是妳的影子到仰望的彩虹
是妳的心乘以夢想
也是　可能成為不可能的嚮往

攝影

驀然發現
妳從深深淺淺的春天走來
心靈自動調整感光
瞳孔放大了光圈
拉長水晶似的透鏡
聚焦於妳
周邊遂成為模糊的影子
睫毛忍不住眨了一下
為妳這片春天最亮的風景
按下快門

躲迷藏

光 喜歡追逐影子
上千年了
只要光一現身
影子就消失
它們總不放棄
把彼此推入陷阱
還好一陣風來
讓影子躲進牆裏
完美地演出
一次成功的奔逃

喪禮

相框裡框架著無臉的歲月
僅存的一行字
道盡了無需過問的人生
隔著白燭的淚痕
無人弔唁
只見　劍山上的花海
刺痛了本來應有的風光
而乘願歸來的
必將是明日的新魂
隔世的體魄

告別

生命之河已到了盡頭
靈魂最後的御羽成雲天
前面斷然，已無風景
回首前塵往事如淤塞的污泥
沉積於中段的河岸
蜿蜒一生的河
終將優美轉身，向人間 告別
波光黯然，星空寂滅
靜謐黑暗的宇宙
再也沒有春天

劫

想必是
某個春夜
綁架了詩人
逼令他吞下文字
這是一帖生猛的炸藥
誰料靈感的火種
竟點燃引信
砰的一聲
炸了詩人的胸臆
成凌亂的廢墟

哀，雪時代

這場暴風雪
來得又急又猛
沒有屋簷，沒有涯邊
重重灑落
沉睡的人間
蕃薯狀的肉身
被覆成一座廢墟
自夜霧的缺口
風吹向風，雪進入雪
悲傷帶走春天的視線

蘭朵

北一女退休教師。作品散見自由時報副刊與聯合報副刊。近來寫詩，在文學競賽中屢得詩獎，有台灣詩學創作獎、妖怪村新詩獎、聯合讀報截句詩獎等。詩作散見聯合報、自由時報、野薑花詩刊、現代華文詩、葡萄園詩刊等。出版詩集計有《響牒》、《生命如花綻放》、《光與影的旋律》。

國家圖書館出版品預行編目（CIP）資料

光與影的旋律 ： 胡淑娟詩集 / 胡淑娟著. -- 初版.--
臺北市 ： 新世紀美學, 2019.10　面 ； 公分. --
（詩情畫意 ； 8）ISBN 978-986-98345-1-3（平裝）

863.4　　108016617

詩情畫意 8

變奏的時光
蘭朵小說詩集

作　　者：蘭　朵
攝　　影：余世仁
編輯設計：許世賢
出 版 者：新世紀美學出版社
地　　址：台北市民族西路 76 巷 12 弄 10 號 1 樓
網　　站：www.dido-art.com
電　　話：02-28058657
郵政劃撥：50254486
戶　　名：天將神兵創意廣告有限公司
發行出品：天將神兵創意廣告有限公司
電　　話：02-28058657
地　　址：新北市淡水區沙崙路 25 巷 16 號 11 樓
網　　站：www.vitomagic.com
總 經 銷：旭昇圖書有限公司
電　　話：02-22451480
地　　址：新北市中和區中山路二段 352 號 2 樓
網　　站：www.ubooks.tw
初版日期：二〇一九年十月
定　　價：三二〇元

新世紀美學
旭昇悅讀網 www.ubooks.tw
開悟的貓 www.dido-art.com